Oitavias

clã da poesia

1ª Edição
- 2021 -

Copyright © Clã da poesia

Revisão: Flávio Mota

Diagramação e capa: Leo Pessoa

Prefácio: Gleison Tulio

oi.ta.vi.a
[s.f.]
composição poética de oito palavras
distribuídas em quatro versos de duas palavras,
com título ou não, com rima ou não.

PREFÁCIO

Mãe, pai. O Clã da Poesia é mãe e pai da oitavia.

Parteira. Eu sou nada mais, nada menos que uma humilde parteira.

A oitavia veio a mim como uma psicografia, uma anunciação no pandêmico dia 20 de julho de 2021, muito influenciada pelas minimalistas e fantásticas poesias de Flávio Mota e Zico Paez, não menos também pelos recortes poéticos minuciosos de Luciana Dias assim como de todos os outros amados membros do Clã, grupo em que, na minha leiguice, aprendi o que era haicai, algo inédito para esse mim.

A doula nesse processo foi a impecável Cristiane Kovacs, que introduziu a mim e a tantos amigos do Clã a aldravia, forma poética nascida em Mariana, Minas Gerais.

Posso dizer, como mineiro que sou e tão filho de Dona Bessa, que a oitavia é prima irmã da aldravia e sobrinha neta do haicai: não nascida em Minas, mas nascida no ventre clânico, dando à luz uma nova forma de poetizar e driblar o cotidiano.

(Gleison Tulio)

OUTRA VIA

quatro versos

nova poesia

oito palavras:

inaugurada oitavia

(Gleison Túlio)

AMIGO

ter comigo

um ser.

estar contigo

meu amigo

(Gleison Túlio)

OITAVIA

uma via

outra via?

não sabia

é oitavia

(Leo Pessoa)

NOVIDADE

Achei legal

Ideia nova

Do artista

Arte pura

(Cristiane Kovacs)

SEGUNDA VOZ

Nas alturas

Notas chegam

Velha gaita

Cachorra uiva

(Cristiane Kovacs)

POESIA OITAVIA

Difícil poetar...

Colocar poesia

Na oitavia

Vem inspiração

(Cristiane Kovacs)

PATENTE

preciso patentear

meu tatear

patético, demente

num desversar

(Gleison Túlio)

PESSOAL

Cadê poetas?

Pra oitavia

Ser inaugurada

Versos mil

(Cristiane Kovacs)

Como diria

Velho Rosa

Amizade dada

É amor

(Zico Paez)

BELEZA

Beleza então

Chegou agora

Amigo campeão

Inaugurada jogada

(Cristiane Kovacs)

CANTOS

Cada um

Num canto

Entoa canção

Aumenta emoção

(Cristiane Kovacs)

PROTEGIDA

Muito ajuda

Quem atrapalha

Puxou tapete

Voei livremente

(Thaís Lunardi)

OITAVIA

Nova poesia

Poetas maduros

Corações moles

Jogos duros

(Cristiane Kovacs)

FRUTEIRA

Pera maçã

Pêssego manga

Loucura vã

Doce oitavia

(Cristiane Kovacs)

PREFERÊNCIA

prefiro amor

à dor

ao frio

ao calor

(Gleison Túlio)

Dona Bessa

Gleison's mother?

Vi vocês

Num acreditei...

(Cristiane Kovacs)

TEM QUE

Bater fundo

Com poesia

Meus versos

De alegria

(Cristiane Kovacs)

ROCK

Quatro melhores

Coisas curtidas

Comer viajar

Comer viajar

(Thaís Lunardi)

PRIMOGÊNITO

uma alegria

grande dessa

ser cria

da Bessa

(Gleison Túlio)

VAI DAR...

Um calhamaço

Tanta oitavia

Tantã poesia

Dessa cria

(Cristiane Kovacs)

QUE MARAVILHA!

Ter certeza

Agora sim

Filho d'peixe

Peixinho é

(Cristiane Kovacs)

FRACA

A poesia

Fica fraca

Lugar-comum

Só atrapalha?

(Cristiane Kovacs)

VALOR

vale valete

vela vilão

vila vala

velha vida

(Gleison Túlio)

O NEGÓCIO

Está pegando

Os poetas

Se animando

Poesia aparecendo

(Cristiane Kovacs)

UM POETA

Um poeta

Se trai

Quando fala

Pro espelho.

(Jota Pereira)

OXENTE

Dia desses

A gente podia

Carnaval dançar

Ainda dá?

(Camila Félix)

ESTRELINHA

Um poema

Virou estrela

Quando poesia

Ele trazia

(Cristiane Kovacs)

ALIMENTO

Não tem

Tem mas

Acabou agorinha

Fome ardida

(Camila Félix)

PRECIPÍCIO

Me jogo?

Te jogo?

Vem comigo

Amigo é amigo

(Camila Félix)

HONRA

Quanta honra

Dona Bessa!

Versos agradeço

Rubra emudeço

(Cristiane Kovacs)

NUDES

tu nu

cru, só...

formas rudes

teu nudes

(Gleison Túlio)

JOGO

Tá valendo

Treino ontem

Jogo hoje

Galo vencedor

(Camila Félix)

SE FOI

Pra onde?

Pra quê?

Por quê?

...Vai voltar?

(Jota Pereira)

ADOÇÃO

adotei um

jargão astuto

o sistema

é bruto

(Gleison Túlio)

CLÂNICOS

Bom dia

Ainda estou

Nas oitavias

Querendo poesia

(Cristiane Kovacs)

NOMEAÇÃO

nos nomes

vem rima

aldravia, oitavia

tudo poesia

(Gleison Túlio)

BOM SABER

Amigo cantor

Disse então

Está falado

Vamos poetar

(Cristiane Kovacs)

ESPERA

Fico aqui

Esperando poesia

Quando chega

Me arrepia

(Cristiane Kovacs)

QUERO

Quero ficar

Quero sair

Quero viver

Quero curtir.

(Jota Pereira)

J

talento tanto

que capota

músico, poeta

amigo Jota

(Gleison Túlio)

NO EMBALO

No embalo

Da oitavia

Troquei noite

Por dia.

(Jota Pereira)

MESTRA?

Sou aprendiz

Sempre serei

Com isso

Fico feliz

(Cristiane Kovacs)

METRALHOSO

Aquele cara

Meio gênio

Não para

Ainda inspira!!!

(Jota Pereira)

BANHO

Nesse frio

Tomar banho

Ser francesa

Muito queria

(Cristiane Kovacs)

EU QUIS

Eu quis

Eu Cris

Eu fiz

Eu Cri.

(Jota Pereira)

JOTA

Jota Pereira

Perdeu sono

Ganhou oitavia

Outra via

(Cristiane Kovacs)

BOM À BESSA

Vamos nessa

Bom à "Bessa"

O bom:

Tem nome.

(Jota Pereira)

Nada tenho

A dizer

Minha poesia

É viver.

(Mariana Taranto)

UM CORAÇÃO

Um coração

Preparado ou não

Ainda sente

A pressão.

(Jota Pereira)

QUERIA SER

Queria ser

Música, poesia

Amor, simpatia...

Oitavia, queria...

(Jota Pereira)

Fios soltos

Aguardam agulha

Mãos hábeis

A vida

(Luciana Almeida)

VIDA NOVA

Vida nova

dias claros

sempre renova

sempre repara

(Leo Pessoa)

PANDEMIA

Aguça sentido

Tirar calcinha

Prazer líquido

Em pandemia

(Patrícia Meira)

CAGADA

religioso banheiro

culto ecumênico

oração privada

papel higiênico

(Gleison Túlio)

AFAGO

travesseiro limpa

lágrimas caídas

tecido cosido

por Deus

(Luciana Almeida)

LUA

Lua crescente

Poderosa energia

Indecente é

Lua cheia

(Patrícia Meira)

FÃ

maior poesia

grande homem

notou minha

imensa alegria

(Luciana Almeida)

DEVERA

Sofri devera

caí devera

rezei devera

cresci devera

(Leo Pessoa)

SOFRIMENTO

Matéria-prima

Para confecção

Do escudo

Do vencedor.

(Jota Pereira)

MOBILIZAÇÃO

Clã se

Mobiliza, compõe

Oitavias repletas

De poesia

(Cristiane Kovacs)

COMPANHEIRA

A oitavia

Virou companhia

Na fila

Na vida

(Cristiane Kovacs)

PARENTESCO

da aldravia

filha, nasceu

a oitavia

nessa família

(Gleison Túlio)

OITAVIA

Após almoço

Pensar poesia

Relaxa oitavia

Sesta sestaria

(Cristiane Kovacs)

Cadela dodói

Quinze anos

Tem ela

Salsichinha danadinha

(Cristiane Kovacs)

REALIDADE

Triste realidade

Feição esquisita

Velhos hábitos

Noite acanalhada

(Patrícia Meira)

Lá vem

Subverter bagulho

Quem é?

Gleison Túlio

(Luciana Dias)

Dose dupla

Outra via

Multiplica, senhor!

Nossa oitavia

(Luciana Dias)

Segundava tercerrava

Quartabria quintestava

Sextasiava sétimaginava

Oitavia nonada

(Zico Paez)

SEM DEMORA

ora ora

a hora

é agora

na tora

(Gleison Túlio)

SEM ASSUNTO

escrever nada

sem exitar...

falta inspiração:

irei registrar

(Gleison Túlio)

rima mas

não rima

literatura, cultura

com ditadura

(Gleison Túlio)

INSPIRAÇÃO

Poetas inspirados

Na sexta...

No ar

Poesia voar

(Cristiane Kovacs)

FORMA

nada fazia

resolvi criar

forma nova:

poesia, oitavia

(Gleison Túlio)

ÓCIO

isso aí

ócio criativo

sempre bem-vindo

estilo oitaviano

(Cristiane Kovacs)

caso eu

tenha nexo

que seja

no sexo

(Gleison Túlio)

Caso acaso

Seja sorte

De alegria

Tenha porte

(Luciana Dias)

ROTA

eu sigo

meu melhor

amigo mas

também inimigo

(Gleison Túlio)

ARROTA

Gás hélio

Boca aberta

Voz fina

Risada certa

(Luciana Dias)

"Tendo direção

De verdade

Não é

Preciso velocidade"

(Mote bateiado na lavra
D´ouro = Mestre Gleison
Túlio)

RUMO

Indiquei jornada

Apontei nariz

Fui... triste

Voltei feliz

II

Atalhei estrada

Trilhas desfiz

Fui... tocado

Voltei, aprendiz

III

Descobri vereda

Quebrei chafariz

Fui... saracura

Voltei, perdiz

IV

Abri picadas

Destoquei raiz

Fui... arado

Voltei, codorniz

V

Rumei sinas

Degustei giz

Fui... chão

Voltei, cicatriz

(Ronei Theodoro)

THEODORO

nem sei

o tamanho

desse talento

de Ronei

(Gleison Túlio)

No Clã

Garimpei ouro

Na bateia

Ronei Teodoro

(Zico Paez)

POETAS DO CLÃ

Clã d'ouro

poetas assim

pedras preciosas

diamantinas enfim

(Cristiane Kovacs)

SOLIDÃO

Ser sozinho

Em companhia

Num casulo

De melancolia

SOLTIDÃO

Se soltar

Fazer vazio

Para preencher

Com infinito

SOLTITUDE

Voo livre

Com pé

Sem chão

Na imensidão

SOLITUDE

Ser companhia

Quando sozinho

Num casulo

Me bastaria

(Thaís Lunardi)

SER COMPANHEIRA

Amando sempre

Sem brincadeira

Ser amiga

Bem verdadeira.

(Dona Bessa)

Só alegria

No meio

Da mandioca

Cannabis Sativa

(Thaís Lunardi)

OLHAR

Meu olhar

Por vezes

Crítico, está

Virando poesia

(Cristiane Kovacs)

olho atento

coração batendo

afeto comendo

corra não!

(Amauri Solon)

escrever escrevo

em aldravia

ou oitavia

tudo poesia

(Amauri Solon)

até jura

perjúrio amor

tudo cabe

na oitavia

(Amauri Solon)

Amor poesia

vale tudo

Trova Soneto

Aldravia Oitavia

(Amauri Solon)

OLIMPÍADAS

Drones formaram

Globo terrestre

Estava esférico

Coisa incrível!

(Cristiane Kovacs)

TERRA PLANA

Ao chegar

No fim

Da Terra

Abismo profundo

(Cristiane Kovacs)

BOM DIA

Clânicos queridos

Sim são!

Pelas vias

Da poesia

(Cristiane Kovacs)

DESMEDIDA

Sem limite

Desce choro

Lágrima latente

Cachoeira, enchente.

(Thaís Lunardi)

QUEDANDO

queda gigante

o rio

ganhando força

possante (poçante)

(Gleison Túlio)

MATURIDADE

estando moço

se cai

muito mais

no poço

(Gleison Túlio)

OITAVIAS DE FASES

nascendo noturnidade

inspirando trova

chegosa humilhando

lua nova

*

tomando forma

desponta adolescente

brilhando puberdade

quarto crescente

*

luando escancarada

farol, clareia

limpando céu

lua cheia

*

recomeçando plano

secundário, coadjuvante

em retirada

quarto minguante

(Gleison Túlio)

OITAVIAS LUNÁTICAS

olha lá

lua luando

iluminando olhar

luz flutuando

*

da noite

sol gigante

de brilho

cio cintilante

                    *

roupando signos

regras jorrando

jogando fases

rainha brilhante

*

de luminar

céu incendeia

nessa peculiar

lua cheia

(Gleison Túlio)

LUA EM FASES

A lua

Virou oitavia

Versada ficou

Toda cheia

(Cristiane Kovacs)

feiticeira lua

faz fases

nas fuças

e faces

(Gleison Túlio)

A lua

Pão de queijo

Em Minas

E São Paulo

(Cristiane Kovacs)

Rogo! Deus

Nosso Criador

Proteja sempre

O Escritor.

(Dona Bessa)

PARÂMETROS SOLITÁRIOS

casa vazia

de gente

e cheia

de saudade

(Gleison Túlio)

ATAQUE

sentimento subliminar

dito escondido

dia desses

vem atacar

(Gleison Túlio)

PERDA

no meio

do carinho

tinha uma

perda: pedra

(Gleison Túlio)

Viva vó

Essa Bessa

Poeta nata

Reina só

(Luciana Dias)

Poeta nada

Sou uma

Aventureira, confiante

Atrevida animada.

(Dona Bessa)

A LÁGRIMA

Pequena nascente

Cristalina, pura

Que verte

Da alma!

(Jota Pereira)

Você hoje

Está demais

Seu rapaz

Até mais.

(Dona Bessa)

GENIAL

Direitando, Túlio

Centrando, Mota

Esquerdando, Paez

Encontro genial

(Patrícia Meira)

MENSAGEM

...gravando áudio

agarrando ódio

agravando óbvio

cravando ócio

(Gleison Túlio)

Nascer, crescer

sonhar, viver...

A Deus

devo agradecer.

(Dona Bessa)

VIDA

Nossa vida

Um suspiro

Um sopro

Um amar

(Cristiane Kovacs)

RECICLAGEM

o tempo

não é

palpável, retornável

ou reciclável

(Gleison Túlio)

DO SER

medo, alegrias,

saudades, pânico:

tudo normal,

natural, orgânico

(Gleison Túlio)

QUASE META DE EDIÇÃO

quase monossilábico

menos prolixo

ser; meu

objetivo fixo

(Gleison Túlio)

ENGASGOS GERAIS

nós, vós

eles com

nós na

voz deles

(Gleison Túlio)

FRI

Frente fria

Roupagens guardadas

Fri doendo

Pega casaco

(Patrícia Meira)

verdade mentira

labirintite, ânsia

futuro passado

adulta infância

(Gleison Túlio)

adiar afeto

desabrigar carinho

sentimento andarilho

sem teto

(Gleison Túlio)

Frio intenso

dói corpo

e alma

da gente.

(Dona Bessa)

Saudade malvada

corta como

uma navalha

bem afiada.

(Dona Bessa)

Pra que

chorar, se

posso sorrir

pra alegrar?

(Dona Bessa)

não vou

correr, posso

esperar um

abraço seu

(Dona Bessa)

CONTRAVENTOR

vento criminoso

bandido violento

gelando osso,

até pensamento

(Gleison Túlio)

DESTINTAR

cinzento céu

tímido sol

afrouxando tinta

do arrebol

(Gleison Túlio)

ALÉM

a vida

além poesia

é triste,

cotidiana, fria

(Gleison Túlio)

BIPOLARIDADE

céu, inferno

seu interno

réu eterno:

sol, inverno

(Gleison Túlio)

VERDADE ABSOLUTA

Verdade Absoluta

Em oitavia,

Na dúvida...

Ouça Belchior.

(Jota Pereira)

VIAS

Aldraviando estava

Oitaviando estou

Poetando vamos

Também amando

(Cristiane Kovacs)

SEM MAIS

Não quero:

sorriso desonesto,

aplauso falso,

café pequeno.

(Leo Pessoa)

TRATO

truta treta

trata trote

triturando trama

travando mote

(Gleison Túlio)

REALIDADE

surrealística, alucinógena

minha realidade

meio mentira

meia verdade

(Gleison Túlio)

CÃO DOS DIABOS

Tenho um

Traiçoeiro, bandido

Morde gente

Sai rindo

(Patrícia Meira)

REDE SOCIAL

Rede social

isca ilusória

sonho desleal

vida inglória

(Leo Pessoa)

SEM RUMO

Catei palavra

cacei caminho

cansei calado

perdi sozinho

(Leo Pessoa)

Senti saudades

Fiquei magoada

Coração ferido

Alma machucada.

(Dona Bessa)

Dias passando

Estou sozinha

Coração triste

Neste cantinho.

(Dona Bessa)

REFLETOR

amor espelho

meu reflexo

surreal paixão

sem nexo

(Gleison Túlio)

PRESENÇA DE PALCO

vale sempre

a atitude

viver tipo

velha juventude

(Gleison Túlio)

penas presas

como lágrimas

da sorte

em molduras

(Sérgio Lima)

CORAÇÃO SABE

Nos olhos

muitas dúvidas

No coração

a certeza.

(Leo Pessoa)

CORAÇÃO SABE II

Os olhos

enxergam raso

O coração

vai profundo.

(Leo Pessoa)

UM DIA

Um dia

todos nós

aprendemos mais

sobre nós

(Leo Pessoa)

CORAÇÃO SABE III

coração topetudo

grita sorriso

finge força

sofre mudo

(Gleison Túlio)

Deus, gratidão

Tenho sorte

Sinto coração

Batendo forte.

(Dona Bessa)

Um coração

Tem amor

Pra amar

Todo mundo.

(Dona Bessa)

adolescer, amadurecer,

aflorescendo puberdade

adultice acontecendo

plena verdade

(Gleison Túlio)

SEI NADA

Sei nada

muito procuro

encontro tanto

sei nada

(Leo Pessoa)

MÁ JIA

ela pôs

meu nome

na boca

do sapo

(Flávio Mota)